금정산 그리고 중앙동

도서출판
작가마을

금정산 그리고 중앙동

초판인쇄 ┃ 2017년 6월 20일   **초판발행** ┃ 2017년 6월 30일
지은이 ┃ 조성순 **주간** ┃ 배재경 **펴낸이** ┃ 배재도 **펴낸곳** ┃ 도서출판 작가마을
등   록 ┃ 2002년 8월 29일(제 2002-000012호)
주   소 ┃ 부산광역시 중구 대청로 141번길 15-1 대륙빌딩 301호
         T. 051)248-4145, 2598   F. 051)248-0723   E. seepoet@hanmail.net

국립중앙도서관 출판예정도서목록(CIP)

금정산 그리고 중앙동 : 조성순 시집 / 지은이: 조성순. ―
부산 : 작가마을, 2017
    p. ;   cm

ISBN 979-11-5606-072-7 03810 : ₩10000

한국 현대시[韓國現代詩]

811.7-KDC6
895.715-DDC23   CIP2017013697

※ 이 책은 조성기 뮨님의 지원으로 발간하였습니다.

금정산 그리고 중앙동

조성순 시집

"글을 쓴다는 것은 사상과 체험이 녹아들어 한 줄의 글로 나타나기 때문에, 힘 있는 글은 좌절과 절망에 빠진 영혼을 구한다, 사람을 존중하고 귀히 여기는 정신이 들어 있기 때문이다. 반면 사술詐術에 빠진 글은 사회를 나락으로 몰고 간다. 따라서 사욕 허욕에 마음의 눈이 멀어 버린 탓이다."

필자는 위 글을 교훈으로 하고 글을 쓰려고 하지만 영혼이 없는 글은 무학에 무식을 반증하는 것이다. '무학이란 전혀 배움이 없거나 배우지 않았다는 뜻이 아니고 많이 배웠으면서도 배운 자취가 없음을 가리킴으로 지식 과잉에서 오는 관념을 경계하라는 뜻이다. 지식이나 정보에 얽매이지 않는 자유롭게 생기 넘치는 삶이 소중하다'는 법정스님 글처럼, 따라서 글쟁이에게 진짜는 진짜여야 하고 가짜는 가짜여야 한다. 글에서 인격을 배울 때가 있다. 품격 있는 글은 향기가 난다. 글은 사람의 인격과 품위를 투영하는 창窓과 같은 것이라고 생각한다.

나 자신도 항상 뜻대로 되지 않아 고통은 물론, 앞서 말한 것을 늘 채우지 못함을 고백한다. 시대에 따라 환경에 적응하느라 자신이 없어서 물러서기를 반복했음을 늘 자탄하고 있다. 제대로 된 글이 나오려면 얼마나 힘든 과정을 거치는지를 알려, 온전한 글이 다치지 않는 세상을 원하고, 그런 글이 나올 때 그간의 사정을 미루어 짐작해 글에 데지 않았느냐고 내게 묻고 싶은 것이다.

아름다운 것은 안으로 머금고 말을 않고 적어두라. 만일 그간의 공부에서 얻은 깨달음을 글로 남기지 않는다면, 성의의 뜻을 저버리는 것으로 여겨질 때 글을 발표하라는 다산 정약용 선생이 책을 낼 때 한 말이다. 그렇게 나온 글이야 말로 정신이요. 인격이요. 혼신의 힘을 다한 글이라 믿는다.

나는 이 글의 어디쯤에서 서성이고 무엇을 모르고 있는지를 모르고 글을 쓴다는 것은 참말로 수오지심羞惡之心으로 가득할 뿐이다.

글을 쓰다가 보면 진퇴양란일 경우가 적지 않다. 한 발도 움직이지 못 할 때는 지인으로 부터 도움을 청하거나 아니면 미련 없이 삭제한다. 이렇게 반복하다 보면 알토란같은 탱글탱글한 글도 나오리라 믿고 자판기를 혹사시키고 있다.

필자의 미흡한 글, 후한 평설을 주신 양왕용 한국문인협회 부이사장님 그리고 출판에 도움을 주신 작가마을 배재경 사장님 이하 모든 이들에게 감사드립니다.

2017년 6월
조성순

조성순 시집

· 차례

2부   금정산

조성순 시집

4부 　정의는 살아 있는가!

조성순 시집

5부　중앙동

6부　　간병일기

제1부

바다 이야기

먼 역사가 숨쉬는

떠도는 구름 보고파
햇빛 한 줌이 그리워
신이 창조한 용궁을 떠나
푸른 바람 겨드랑에 감추고 싶어

난도질 날것들
뜨거운 불판으로 옮겨져
질그릇에서 베풂으로
최후는 거룩한 순명이라고

눈을 뜨고
입을 벌리고 죽어도
화려한 자존심 지니고 할 말은

내 와 봤노라
풍요에 정을 얹어
옹골 찬 인간들의 삶을
먼 역사가 숨 쉬는 자갈치에서.

공동어시장

수산업의 중심축 부산남항
어선 어업의 국내 판매
최대 규모 산지 어시장

역사와 전통이 묻어나는
생선과 사람의 땀방울
땀과 비린내는 삶의 정수

딸랑 딸랑 딸랑
새벽을 여는 종소리
먼 바다 해무가 뱃길을 열면서

저마다 노리는 생선을
경매사 뒤에서 가격을 더 쓰라고
발 빠르게 퍼드덕거리는 비린내들

푸른 파도는 꿈을 흩뿌리고
영양제 보고의 식도락
엄마 손맛을 더해 식탁은 진수성찬

동북아시아 성장거점 미항으로

반세기 긴 삶의 여정

믿음 따뜻한 인정이 풍기는 여기를.

자갈치에서

질곡의 비린내 숨 쉬는 곳
푸른 파도가 꿈을 뿌린
애환이 가난을 위로해 주던 자갈마당

꼬마 조사들의 추억이
자갈밭에 묻혀 있던 해변
고갈비 굽는 아줌마 자갈치라고

끼룩 끼룩 갈매기 언제나
파도야 난 어찌할 꼬
니도 묵어라 던져주는 내장 한 줌

영도다리 바라보며 술잔에 녹아드는
땀과 설움 지워준
한 많은 피난민 생활의 터전

출항하는 원양어선 늦은 오후
만선 기원하는 축하 비행 갈매기
은빛바다 끌고 간 하양포말 속으로

식도락 먹을거리 중심의

대명사 부산포에서

파도여 풍요를 자갈치여 꿈과 낭만을.

흑산도

남쪽나라 끝 섬마을 상라리
열두 고갯길 올라

스탕달의 글처럼 상명한 바다
검푸른 바다 산고개의 바람같이
시원하고 아름다운 곳

무역선단이 중국을 왕래할 중간거점으로
고대 해양도시의 사찰「무심사지」
석탑 석등의 흔적은
영혼의 결집을 위한 신앙심은
해사에 주는 믿음이라

고독한 유배의 땅 사연을
목숨 걸고 쓴 소리 바른 소리 하는
진실이 어디에 있는지를

피 비린내 나는 신앙의 역사를 거역하여
외로운 바닷가 사리마을

초라한 움막집은 유산의 흔적으로

푸른 달빛의 반짝이는 아름다움을
훈훈한 희망 고인돌에서
선조들의 지혜를 억척같은 도전정신

바다를 지배하고 감성돔같이 활기찬
교역의 전진거점으로 남쪽나라

검푸른 파도의
성난 매서운 칼바람의 흑산도.

복어 집

복어 집 사장님
수복에다
만복을 더하여 다복이 오늘이다

복어 집 사모님
행복에 충만하여 만복으로 넘쳐나
돈복이 참말 전복이다

복어 집 아드님
만복인데다 다복까지 찾아오니
후복을 내 어찌 잊을 수가

사장님의 운수 복이라
사모님의 숙명 복이 따라오고
아드님의 대성 복어는 참 좋아라

복어가 준
다복 만복 수복에서 돈복 후복을
축복에서 행복으로 옮기소서.

보물섬을 찾아서

세계에서도 보기 드문
대장도의 〈장도습지〉 귀중한
해발 일백팔십 여m 작은 보물섬

아름다운 바위
거센 폭풍의 언덕
칼날처럼 흔들고 위협하는 파도에
태양 바람 그리고 하양 달빛은 흐르고
낭만으로 즐기며 생성한 신비로운 곳

신의 한 수
걸작을 띄워놓은 바다의 섬
중원의 광활한 벌판보다 더 귀한
숨어 있는 천하의 절경을

동식물 사백 일십 여종이 자생하는
한국에는 세 번째
세계에서 일천사백이십삼 번째로
「람사습지조약」은 우리의 자랑이라.

나이아가라 폭포

하늘과 땅을 진동하는
거대한 강물의 폭포는
애간장을 시원하게

엉클어진 미움도
우울한 슬픔도 잊어버려라

잃지 않은 양심은 지키며
때 묻은 욕심과 포장된 명예는 씻어버리고
못다 이룬 학문, 사랑은 함께 꽃피우자

무엇을 더 가지랴
무엇을 더 얻으랴

절망에서 희망의 물결이
고요한 파도는 거친 흐름으로
검푸른 목소리 힘찬 함성으로

거짓을 뒤흔드는 신중한 진리의 소리여
체념을 뒤흔드는 웅장한 자유의 소리여
전쟁을 뒤흔드는 장엄한 평화의 소리여.

함께하는 그 바다

상생을 꿈꾸는 흔들림으로

바다의 화합
바다의 소리
바다가 기억하는 로고송으로

신세계 교향곡
꽃피는 바다가 여는 소프라노
춤추는 바다 뮤지컬은
환상의 꿈으로

향연의 그 바다
상명의 그 바다
그리운 그 바다

엑스포의 여름밤
함께하는 그 바다.

제2부

금정산

회동 마을

아름다움을 식별 할 줄 아는
명경지수 회동동 계곡

금어는 피리 소리만 남기고
무지개 타고 금샘으로 갔나

금정의 계곡
범어의 북소리 울릴 때
등나무는 보랏빛 등 달아

대성은수 따라온
청량한 한 줄기 바람은
긴~터울 속으로 흐르니.

금정마을

늙을 줄 모르는 향기
파 쪽 미나리 사이에
조갯살 숨겨
파전에 산성 막걸리
그 맛 엄마손 그대로인데

밀밭은 푸르건만
누룩이 익어가는 유월
머리는 파뿌리 되어 만나니
한 마디
파밭은 예나 변함없네 그려

천 마리 거북과 만 마리 자라가
살고 있는 금정마을
인정을 띄워 감치는 그 맛
따끈한 반세기의 이음이어라.

금정산성

우리의 얼 숨쉬는
전란성은 피란성에서 오늘의 금정산성
범어 삼기 황조롱이 서식처
여여
범어의 종소리는 진인사대천명이라
어리석은 백성을 경안으로 키우고
여유로운 자연음악은 선율을 이루면서
파괴되지 않는 지주한 보배이어라
이천여 년 거칠 산국은 흘러온
우리의 얼 숨 쉬는 금정산성이라고.

팔공산

대한수목원은 자연사의 민속촌이다
우리는 더불어 숲이 되어
산자락의 언덕배기는
햇빛을 품은
푸른 잔디 위에 노랑 감은 주렁주렁
고명이라
흐르는 음악에 묻혀서 잔디를 깔고
조용히
싱그러운 추억에 젖어
찬란한 풍광에
만장한 친지들 속에서
늦은 만남의 장
감동으로 울렁이고 여운이 흐르는
눈으로 말하는
인중의 격려와 찬사에서
옥수수, 매실막걸리에 젖어
이어지는 그 틈은
노을빛에서 차 한 잔의 만남은
붉게 타는 구월의 주말

해질녘
팔공산은 우리의 역사 한 장이라고.

범어사

『동국여지승람』은
동국의 남산 바위샘 물속에
범천의 물고기가 노닐던 곳으로
아름다운 전설을 남기고

전면 측면 각 3칸 다포집
측면에 고주 두 개 세워 중 종량 바치고
그 위 박공머리 방풍판 달고
내외 삼측 사출목으로 내부 삼미첨자에
설치미술은 우리 조상의 걸작이라

「석가모니불」「 미륵보살」「 제화갈라보살」
목조석가여래 삼존 좌상은 찬란한 유산
불국정토 이어진 예술의 혼으로

의상대사 창건
그 후 중건개축 번창한 성지
삼백육십 요사, 토지 삼백육십 결, 노비 일백여 구,
지난날 귀중한 문화재

임진년 소실은 대성통곡할 일

「석가영상 회상도」「제석 신증도」「삼장보살도」
「통치원년 명 범어사금고」는 탱화 보물들과
「묘전화성」 혜민스님의 불교미술의 유산은
역사의 삶 무게 증언이라도 하듯이

『삼국유사』에 금정의 범어라
3월에 추모제 단오에 고당제 올리고
나라의 평안을 민족의 얼을
긴 역사의 「범어사」는 금정산 동쪽 품에서
마 하 반 야 바 라 밀 다 심 경.

오륜대

바위병풍으로 이루어진 산
주자학 공부로 숨어 지낸 골짝이
개울물은 수영만 모래톱을 만들고

오륜은 진달래처럼
인간관계 질서의 이법
오상의 길 오전이라

지난 밤 봉황이 놀다간
늙은 소나무는 언제나 푸른 역사
오늘의 샘물로, 휴 공간으로

소나무 숲 속에서 들리는
긴 호흡 까치의 함성은
하양 물비늘로 일렁인다.

금정산 1

소나무 숲을 지나는 봄바람은
대성은수 울림, 은은한 흐름으로
의상망해 빠져 언제나 즐겁다

뜨겁고 호젓하던 여름은
계명추월 떨어지는 이파리로
금강만풍 가을바람 불러 온다

드문드문 참나무들
고운 옷 갈아입고
가을 해 재촉하는데
멀리서 불어 온 바람
옷깃 더욱 여미게 한다

그러나
곧 앙상한 나뭇가지만 남아
다가올 새봄의
참꽃의 붉은 미소 그리워하는데
노송 사이 저 멀리

자태 드러낸 고당 할매
그 모습만 의연하다.

금정산 2

굵은 선 흐름의 금정산맥
부산포가 밀어 올리는 불빛을 맞아

서쪽으로 물길 열어 낙동강 변에
모래 바닥 일구어 가락인을 낳고

내륙의 관문 뜨거운 소통의 길은
영혼을 맑게 부르는 시민들 가슴인가

부산은 한반도 삼대 길지라고
거룩한 뫼는 우리의 기상이라.

금정산 3

– 전야제에서

지존의 약속을 지울 수 없는
온고지신 그 시간
붉은 허리는 굽어도
그 모습 여전하고

전야제 악우들
생기 넘치는 불빛은
억새꽃과 어우러져
금정산야 더욱 흥겹게 한다

색소폰 운율과 갈바람은
꿈과 낭만이 막걸리에 젖어
저마다 뽐내며 멋 부리는 젊음을
그 어느 뮤지컬에도 본적이 없는
거선의 심장 같은 웅장한 오케스트라

미움도 고통도 불통도 지워진 시간들이여
하얀 별들도 반짝반짝
한 줌의 바람도 사각사각

잉걸불 같은 사랑

잉걸불 같은 사랑.

금정산 4

살아생전 꼭 한 번 가보고 싶은 곳
금정팔경은 진산이 낳은 걸작
역사와 전설이 숨어있는 신비의 세계

맑은 물 건너
소나무들은 사시상청 풍치를
의상대사가 새울이 뫼에서
동해를 보며 좌선 절터를 찾던 중
한 밤중 닭 울음을 듣고 암자를 세웠으니
저 멀리 청사포 앞바다 하얀 달빛은
천상의 극락이라

「청련암」 아래 밤중에 들리는
대숲의 빗소리와
「대성암」 바위사이로
흐르는 계곡 물소리
그 어울림은 보살의 흔적인가

산장에서 듣는

천구만별의 뜻을 담은 밤 종소리
오묘한 선율 타는 불국의 지극한 표상인가
『금강』 삼매경 달빛을 타고
흐르고 또 흐른다.

금정산 5

험준한 흐름으로 이어진
힘차고 거룩한 맥이여
서쪽으로 물길 열어 가락인의 터전을

청사포가 밀어 올리는 햇빛을 맞아
내륙의 관문 소통의 길을 열어
앎의 인재들 정보가 스며드니

동식물의 자생 도래지
안고 숨 쉬는
늪지로 품은 큰 뫼는

키워라 이 나라 침략을 막는 진산이여
지켜라 건강을 더운 물 뿜는 남산이여
깨워라 영혼을 우리 얼 호국의 영산이여.

천자산 1

그림자 맑은 물
보랏빛으로 물 드리니

광활한 천자산
수풀 같은 봉우리들

하양 달빛은 신화를 읽고
바람은 전설 속으로 들어가니

붉은빛 따라 움직이는 환상을
안개로 덧칠하니 암벽은 동양화로.

천자산 2

비바람이 암벽에 황칠을 하니
안개는 농담濃淡으로 고쳐
가는 곳마다 동양제일 산수화를 두고

소동파는 어딜가고
두보는 무얼 하나

햇빛이 어루만지니 역사로
구름이 쓰다듬으니 전설 속으로

여 춘추전국 어디쯤인가

무애의 상명한 바다인가
물안개 불러 앉은 호수인가
수줍은 세계 무지개의 축복을.

천자산 3

별들이 연필로 그리니
햇빛은 지우개로 고치고
지나던 바람은 침묵으로

홍조 띤 미소는
중화의 민화라고요

황룡동 구천의 천지창조를
벽계의 흐르는 물을
천하절경 두고 어이 갈거나.

천자산 4

시원한 어루만짐에

환한 표정도

바람은 고요를 흔드니

발길 가는 곳마다

화랑의 설치미술인가.

제3부

보고 읽고 듣고

오월

미루나무 반짝이는
오월의 한 나절

그 그늘 쉴 새 없이
달려드는 비둘기소리는
『고린도 후서』 잔영인가

침묵 속의 환청으로
실록의 앞 산 나무들
고요가 침전되는 해거름 때

산마루 고라니 한 쌍은
낮잠을 지키는 산지기인가

아카시아 꽃 따사한 태양을 즐기다가
「십계명」에 젖어 마주보고 하늘만을.

보고 읽고 듣고

바위 꼭대기에
소나무가 있느냐고
잉어는 붉은색이라고
화가의 그림을 보고

지리산을 끌고 가는 섬진강
남서풍 불어 자운영 꽃피웠다는
시인의 글을 읽고

「청성 자진 한 잎」 담백하면서
애잔한 대금의 가락으로
피아노에는 「언제나 마음 속에」 얹어
흐르는 해금과 협연 음향을
음운도취에 듣고

창작은 불변의 이데아
아름다움에 그 혜안을.

창가에서

유월 열사흘 밤
거실의 달은 만삭이라

고요에 그리움 젖은 밤
침묵의 푸른 달빛이여

긴 긴 밤 그 옛날
그리운 사람은 어디에 있는가

뭘 얼마나 할 것인가
왜 어떻게 살 것인가를

잠 못 이루는 것을
꿈 못 이루는 것을 아는가.

늦가을의 단상

석간수 맑은 물 도랑가
늦가을 햇볕에 가재 두 마리
논두렁 찔레꽃 나무가 내려 보면서
행여나 이파리 내려 덮어
그들은 마음 놓고 감쪽같다고

겨울을 준비하는 눈빛으로
지난 여름도 큰 일없이 즐거웠고
다가 올 봄에는 더욱 성숙하여
자식들을 많이 낳아서 키우자는 바람을

바위 언덕 아래 이끼는 모르는 척
누구에게도 말하지 말라고
겨울을 지켜줄 것이니
마음 놓고 동안거에 드시라고요.

청국장

그 초가집엔
청국장이 끓었지
울 녘엔 구수한 냄새 묻어

산 고을 해질 녘
사래긴 밭일 마친 엄마 손엔
청국장 속 향수鄕愁는 익어가고

아버지는 쟁기보습 흙을 털고
늙은 황소 따라 노을빛 연기로 피어날 때
까치들도 개울에서 목욕을 즐기고

내 아버지 흙냄새는
뒷밭에 고구마 꽃을 피우고
내 어머니 청국장 냄새에
뒷산에 밤나무 알밤이 벙그러진다.

장다리꽃

청 보리밭 넘나드는
한 줌의 바람은

구름 따라 종달새 띄우고
먼 산 장끼가 골짝이 흔들어 깨우니

이내에 가린 밭두렁
노랑나비 장다리꽃 조롱할 때

사래긴 밭 언덕아래
졸고 있는 고라니는
콩 이파리 필 때만을.

할미꽃

할미라
그 누가 말 했나

아침이슬에 맺힌
임 그리워 피었나!

할미라
추억에 젖은 그리움 비워

고독으로 채운
할미꽃으로 기다린다고.

봄날

하양 달빛에 젖은
매화의 숨소리에
흐르는 봄날은

붉은 명자꽃 진한 사랑
햇빛에 애무할 날 언제냐고

동백꽃 반란으로 봄을 깨워
개나리 춤사위 띄우니
실버들에 흐르는 음악은 동경으로.

사랑

고요에
하얗게 내리는 달빛

옆구리에
사랑은 사치인가

아름다운 침묵으로
맑은 빛의 밤이여

고독에
잠기는 은빛이라

그 흔한
사랑하나 없어도
사랑하나 없어도.

3월 오후는

오늘은 즐거운 날
천주산으로 文山에서 여행
고희의 인생 두 벌이 끝나는 날
버스 가는 길 탱자 꽃 하얗게 피어
늦은 봄 눈부시게 아름다운
푸른 하늘 양지바른 가파른 길
제비꽃 보랏빛에 둥굴레는 젊음을 창출
진달래꽃으로 포장 하였으니
전라도 경기도 경상도 부산사람들 모여
인맥의 줄기 솟아올라 정상은
진해만 마산만 창원 시내를 한 눈에
아름다운 조국의 산과 바다
온 세상 눈부신 향기 뿌리고
사람들 사이에서 전혀 느낄 수없는 곳을
혼자서 도탑게 가기 위한 길
잘못은 시작의 거름이니까
알아주지 않더라도 열심히 사는
언젠가는 자신을 자기가 인정해주는
천사의 숨긴 사랑을 찾아서

자신을 믿는 만큼 용기는 얻을 것이니
수많은 산인들과 뭘 얻고 갈까
햇빛을 본지 칠십 년 되는 날
나머지 나만의 시간
구상의 길
악우들은 봄날의 향기에 취해
산 바다 꽃들이 환장하는 삼월 열사흘 오후는.

담쟁이

담쟁이 살기엔
너무나 잘 지었다

앞에 나서
초록색 붉은색 옷으로

시간 따라
의사표시에 인색하지 않는.

* 연세대학교 본관에서

제4부

정의는 살아 있는가!

당신

한 사람의 소중한
가치를 외면한다면
격려를 통해
무한한 힘으로
언제나 가능성을

한 사람이 가진 위대한
진심어린 믿음을 통해서
심장을 주듯이
뜻을 다해
언제나 용기를 주는 당신.

배려와 배신

배려의 평등은 진보된 발전이고
심장을 주듯이 뜨거운 희망이다

배신은 떠나간 열차이고
원칙 없이 흘러간 구름이다

배신은 노을 지는 가을빛이고
배려는 떠오르는 아침 태양이다

배려의 불편한 관계는 배신이다.

집으로 가는 길

참 좋은 날
지하철에서 나와 주룩주룩 내리는 빗방울
우연성 음악은 얼마만인가
비탈길 내리는 물결은 비단보다 더 고와라
물 위의 흐름과 달리
깊이 흐르는 물은 먼 훗날을 알고 있다

오늘같이 좋은 날
지나가는 승용차에 고인물이 튀어도 좋다
내려라 흘러라 가벼운 발길에
축복받은 민족이라
우리의 장밋빛 내일은
이 보다 더 깊은 배려가 심장을 주듯이

축복받은 나라
신발이 바짓가랑이가 흠뻑 다 젖어도
우리는 하늘의 은총이다
'하늘은 스스로 돕는 자를 돕는다.'고
그 말씀 오늘도 유효하다는 것
국어사전에 뿌리 깊은 한국인의 정서라고.

나라사랑

서투른 정보에
감정은 맹신의 습관이라

지금 내 가슴은
다시 한 번 생각할 때

권력과 의무, 정의에
제 눈금으로 갇힌 내가

소화된 언어의 유혹으로
지도층 타협은 멀고

근거 중심의 상식으로
내가 그린
하늘 아래 정말 새 것은 없는가.

겨레 사랑

내 할 일을

사람들은 겨레 겨레 하는데
내가 있고 겨레가 있다고

내가 있다는
내 할 일을 다 한다는 말이다

제 할 일이 뭔지도
찾지도 못하는

제자리 아는 사람은
나라와 민족 겨레도 알 것이니
선線을 지키면서 선善하게 사는 겨레여라.

정의는 살아 있는가

사월의 민중들 함성은
민주주의 씨앗이다

오월의 까치소리는
종의 보전 위한 노래이다

팔월의 애국가는 한 민족의
혼이고 삶의 몸부림이다

시월의 빈들 그루터기는
소득의 흔적이다

태극기 촛불의 인파는
도덕적 정의가 빛나는가?

인간의 자연에서 살기
위함이 도탑게 보인다

정의는 살아 있는가?
정의는 영원히 살아 있을 수 없다!

참 좋은 세상

무의식으로 소통하고
제 속도 지키고 사는 사회
질서 있는 참 좋은 세상

공정성과 형평성이란
고상한 명분이 숨지 않는
평화로운 참 좋은 세상

정의가 훼손되지 않고
진리가 오염되지 않는
원칙을 존중하는 참 좋은 세상

자유가 조직에 유보되지 않는
영혼의 아름다운 가치를
진정으로 아는 참 좋은 세상.

언제나 잣대가

여줄가리는 버린다고
요즈음 지우개 쓸 일이 많아

연필이라고 함부로 쓰는 것은
그 옆에 잣대가 비웃으며

문자의 운용에
지우개가 하는 일의 가르침을

협의도 기준도 없이
시작詩作하는 것을

연필과 지우개는
다시 한 번 읽어라

잣대 없는 생각의 군상들
옆에 있다고 기분대로 다루지 말라

네 어깨 위엔
언제나 잣대가 있다는 것을.

남의 책 함부로

남의 책 함부로
너의 처녀작도 그랬느니라
창작물에는 정답이 없다

얼마나 공감을 하느냐
아는 척 하지 말라

먼 훗날
네가 쓴 글도 빛바래질 수 있으니

남의 책 함부로 버리지 말라
남의 책 함부로 버리지 말라.

우담바라

- 다솔사에서

영원이기를
고집하며 비추어 내는
지독히도
공허한 시간의 틈새
부끄러운 초상 위로
내리나니
한 줄기 영화의 이름이여.

가난한 영혼

피할 수도 없는 현실
생각도 쉼표도 없이
이익의 집단에 매몰되어

정의는 잿빛으로 쇠락하여
고정관념으로 정착할 때
의심의 여지없는 무게가
조건이 전제, 한정된 자유는

물음에 대책 없이 엷어진
가난한 영혼의 질병을
처방하는 봉사의 노력으로
두께가 영글어가는 경안은

시나브로 물들어가는
상식에 밀리지 않는
여유 있는 일탈의 공간에서
믿음을 찾으려는 몸부림인가.

수탉

목청껏 새벽의 빛을 부른다
깃털 곤추세우고서
거친 어둠을 물리쳐라
환한 새 세상을

장수처럼 빛나는 눈동자가 안위를
종의 번식을 위해 언제나 변방을
암탉이 위기에 부르면
먼저 나서 생사결단 공격하고
암탉 병아리들에게 먹이 배려의 마음은

여러 가족의 미래를 보장하고
먹을거리 확보 행동의 자유까지 통제하는
오매불망 흠결이 없는 믿음직한 족장으로서
위계를 위하여 때로는
가혹할 정도로 응징하는 검붉은 수탉

선비를 상징하는 붉은 벼슬
군주처럼 화려한 의상에

비상시 찬란한 날개, 검정빛의 꼬리
칠지도 같은 발톱의 무장을 보라
그 품격 얼마나 위엄한가

의지와 여유 있는 고고한 자태여
가족 집단의 안전을 위하여
영원한 종의 번영을 위하여
힘껏 날개를 펴라 힘차게 날아라!

소화하지 못할 언어로

무리한 운동은 독약이고
참여로서 인정을 받으려니
정치보다 더 무서운 형벌이다

죽음이 두려워 종교를 믿고
권력에 취해 족벌은 형성되고
국가라는 틀을 만들어 지배하는

권력과 무력의 조직으로
자유를 유보 통제하는 계층들
재력에 빌붙어
자산을 착취하는 자본주의 맹점을

선거의 모순을 통해
자기들의 주장으로 포장하는

소화하지 못할 언어로
기회비용의 처방 없는 질병만이
대책 없이 움직이는 양반들

깐깐한 요요만 남기고
꼼꼼한 궤책만 남기고
단단한 술수만 남기고.

탐정
 ─영화 '탐정'에서

도리도 없는가
까발리라!

사람 말을 콧구멍으로 들었어
보험 들었나

까라면 까고
덮으라면 덮어야지

족보 더 사용하지 마
학연 지연 사람 여럿이 죽인다

비자금이 핵이라면
핵폭탄인 명령은

추억은 가슴에 묻고
지나간 버스는 미련 없이 버려라

저 새끼 키우면
주인 밥 그릇 노린다.

제5부

중앙동

그 누구라도 좋습니다

내 가는 길에
외롭고 고독한 시간이라면
그 누구라도 좋습니다

위로받지 않아도
무시당하지 않는다면 미지의
그 누구라도 좋습니다

음해공작 없이 사실대로라면
침묵으로 일 해야 할
의욕과 명분이 따르면
그 누구라도 좋습니다

담백한 미역국 같은
추억은 더욱 아름답지만
상처 주는 걸림돌이 아니라면
그 누구라도 좋습니다

내 가는 길에
그 누구라도 좋습니다.

그런 사람들만이

들국화가 청순하게 보이고
푸른 파도를 낭만으로 생각하는

대 자연의 순리에 동의하는
그런 사람들만이 사는 세상

권력과 부와 빈곤이 대물림 받는
불가촉천민이라는 말이 없는
그런 사람들만이 사는 세상

집단의 종속에서
자유로운 의사 표현에서 여유 있는

투명한 사랑과 진실에서 굴절되지 않는
그런 사람들만이 사는 세상.

그런 사람들이

개가 개를 낳는
권력과 부와 빈곤을 대물림 받는
불가촉 천민이 없는

그런 곳이 없는
지식이 배고파하는
정보에 갈망이 없는

집단의 종속에서 자유로운
의사 표현에서 평화로운
위선과 진실에서 굴절되지 않는

그런 사람들
그런 사람들
그런 사람들이 사는 세상.

언제나 행복하다고

산 바다 그리고 하늘
중심축의
세상은 맑고 시원한 경치
남향에 동대문

진한 흐름의 맥이여
왼쪽의 출렁이는 푸른 꿈
오른쪽의 초록색 뫼는 시원하고

따듯한 남쪽
동남의 끄트머리
봉황이 쉬어 가는 곳

태양 아래 경이로운 산과 바다
어느 곳에서도 볼 수 없는
감은의 영지라고

즐거운 휴 공간은 여기뿐이라
자신의 자신감으로
만족을 즐기는 하늘이 준 명당
언제나 행복 하다고.

산소 酸素

맛도 냄새도 빛도 없는
무한의 자산

누구나 가질 수 있는
공동자산

다툼도 배려도 빌릴 수도
더욱 없어선 안 될

필요시 저장 할 수 있는 삶의
절대 요소 언제나 필수품으로

무량대수 저마다 행동에 따라
대수는 스스로 사용할 일.

중앙동

황홀한 꿈속에 젖어 든 그 모습
진정한 자유라고

소설 속에 갇혀 있는 주인공은
운명의 쇠사슬인가

즐거움 담은 향수에 취 하였나
토끼잠에 갈매기 꿈 일까

아름다운 사람은 갈 때를

부산의 중앙대로 118
내 고향 중심이라고

의자에 엉덩이 얹은 당신은
오영수 「갯마을」 그리고 있나.

중앙동 4가

황홀한 꿈속에 젖어든 당시의 모습
진정한 자유라고
SNS 3G에 묻혀 있는 당신은 행복한가
신의 영역인가
운명의 걸림돌인가
Y작가는 『헐벗은 시간의 알몸』으로 와서
소설은 자기 자신의 내면을 들여다보는 窓이라고
간장만을 혹사시키고 갔나보다
『탱글탱글한』 이상개 시인 〈강나루〉는
판짜기 끝났을까
단골 식단은 캐리커처, 詩 아니면 언론이라고
풍류의 그늘아래 즐거움 담은
누가 불러준 향수香水인가
가다서다 K소설가 『자전거』 타고
막걸리 심부름에 취해
아버지가 좋아하는 그녀의
후한 용돈 생각에 즐기고
깊은 인생은 굴속으로 빨려들었다
누가 순리를 막을까

중앙동 4가
당신에게 말 했어 내 고향 중심이라고
노숙의 당신은
김유정이 『동백꽃』 그늘에서 짝사랑한
박녹주를 그리고 있다가
사랑에 갇힌 신나는 중앙동의 밤이라고.

땅벌 개미

시각 청각 후각에
삼등분의 몸 설계는 창세기의 걸작이라

가볍게 날고 방향 전환
지형 관계없이 이착륙 비행수단을

매복 땅굴을 쉽게 파는
툭 뛰어나온 쌍안경
터널은 만일에 대비 두 갈래 이상으로

정보 탐지기, 발달 된 화생방 훈련
최신 전투기 탱크가
합동작전을 한다면 그 무엇도
따라 잡지 못할 천하의 무적으로

그 험한 지역 날고 기어 다니는
비행 포복기술은 신의 영역이라

하늘의 제공권은 땅벌이

땅 위의 지상권은 개미가

땅벌 개미가 한다면
세상은 곧 바로 너희들 차지라고
자연의 질서 생명의 존중은 무궁하리라.

건방진 놈

항상 보고 느끼지만 절에 가면 입구에 개가 한 두 마리쯤 있다. 이 놈들은 드나드는 불자들을 꼭 도적놈들 쳐다보듯 아래위로 유심히 살핀다. 절에서 훔쳐 갈 것이라곤 자비와 사랑밖에 더 있나?

그게 못 마땅해, 그도 기분 나쁘게 눈동자만이 아래위로 쳐다보니 상당히 예의가 없는 놈이다. 부처님의 가피력이 아니면 불심이 부족한 건지 서당 개는 3년이면 풍월을 읊는데, 이놈들은 수 삼년을 공양을 받고도 건방지게 그도 앉아서 예의도 없이, 하루 종일 드러누워 있다가 주지스님이 나타나면 벌떡 일어나 꼬리를 흔들고 알랑방귀 뀌는 것 보면 저놈도 먹을거리에는 장사 없는 모양이다.

하기야 그도, 그럴 것이 주지스님 눈에 벗어나면 제 밥그릇은커녕 운명마저 알 수 없다는 것을 스님들의 행동을 통해서 잘 알고 있어 충성을 다하는 것을 손가락질할 일은 아니다.

우리는 맘에 안 들면 개보다 못한 놈이라고 할 때, 그래도 그놈은 화엄의 향기라도 맡고 심산유곡에 살았으니, 시정잡배들과 즐기다가 그늘진 도덕성이라도 자기를 속이기가 가책을 받고, 구원의 손길을 내밀면서 금일봉으로 보살로서 불자로서 면책을 받으려는 것은, 인간이란 탈을 쓰고 하나의 자기 방어수단의 위로가 될 거라는 어리석은 중생을 보고서, 그 건방진 놈은 오욕 칠정을 집어 던지고 지금쯤 뭘 생각하고 있을까.

빈자리

상상으로 들어 갈
향기 꽉
찬 그 자리는

휴
찾을 수 있는
충전의 공간으로 잠겨야

사군자에도
고요의 빈자리가 없이는

휴식은
여백이 머무는 곳이어야.

꼭

꼭
누가 만들었나
이건 「집현전」의 실수인가
한글학회 실력인가

꼭
없어야 할 문자
절대와 친한 사이
자유와는 전혀 타협을 모르는 외톨이

꼭
사람의 숨통을 막는다
때문에 망한 사람 많고
죽은 사람 무지기 수다

꼭
보다 더 무서운 가두리는 없다
꿈 자유는 착각이다
때문에 행과 불행한 이들의 운명을.

횡설수설

괘씸죄는 양형을 극대화하고
부유세는 사회적 이질감으로
결국 서민을 위한 것은 아니라고

흙수저 장애물은 능력을 개발하여
인스턴트 라면을 20년 키워
프랑스는 국정교과서에 등재하듯이

흙수저, 은수저가 금수저로 갈 수 없는
전두엽 발달만으로는 힘겨운
바탕의 틀을 들어가야 할

수학 정도에 따라 한 번의 검증에
결정되는 신분 평생을 보장하는
너 만을 바라보는 난, 인형이 아니라고

아주 좋은 흙에서 큰 나무로 응원
성장과실은
국가에 보답하라고 사회발전에 응하라고.

제 자리를 찾을 때 까지

자유는 의심의 여지없는
전제조건을

정의는 표정도 쉼표도 없이
이익집단에 매몰되고

잿빛으로 쇠락하여
시나브로 물들어가는 것을

일탈의 공간에서
믿음을 찾으려는 혼불
자유를 아끼면서 사랑으로

정의의 진수가
제 자리를 찾을 때 까지.

제6부

간병일기

운조루

구름은 고요에 피어오르고
새들은 바람에 밀려 둥지로 오네
구름속의 새처럼 숨어 사는 집

대문 앞 그루터기 들녘은
그 옛날 나눔의 흔적인가
말없이 내리는 가랑비는 풍요를

노블리스오블리제 운조매雲鳥梅는 알고 있다고
노란 산수유는 기억하는지
영조시대 양반가 난한삼대길지 금환락지金環落地에

날아온 민도리집 시원한 대청마루
아름다운 민화
늙은 소나무 정원연못을 지키는
도연명의 귀거래사歸去來辭에서 안착한 운조루雲鳥樓는.

스포원 파크

우리 삶의 징표라고 생각하는
「스포원 파크」에서
머리를 맞대면 의견의 도출을
열린 공원형의 경기장에서
가슴을 맞대면 소통의 길로
사이클 실내속도를 즐기며
테니스장에선 꾀를 부리고
잔디밭 광장 산책에서
아련한 추억을 반추하면서
산들산들 푸른 바람과
인비목석人非木石 대화로 풀어
우연성음악 분수는 창조의 극치에
조깅에서 청춘을 계량하면서
인라인스케이터는 절대 안전이 익숙해 질 즈음
배드민턴에서 상대 평가 기준을 만들고
이웃사랑 바람 길이 들놀이는 쉼터라
산악자전거 행글라이딩 암벽등반의 전율을
멋대로 즐길 수 있는

세상은 자기가 만들어 간다고
여기가 병원 보험 곧 건강
우리 삶의 징표라고.

당신을 만나지 못했다면
-간병일기(1)

당신을 만나지 못했다면
저 아내는 지금쯤 감히 상상도 못할

긴박한 그 당시
정, 이 교수님의 협진 감사드리고
이 선생님과 의료협진 여러분의
따뜻한 배려는 두텁게 생각하면서

당신의 노력은 인류발전사에
봉사정신은 헛되지 않고
의료사에 길이 남을 것입니다.
하느님의 소명이고
그 보다 보람 있는 일이 어디에

세상을 향해 가슴을 열고
나눔의 의미는 사랑이라고
이름하여 가르치고 나누어가는 세상은.

N 파트장에게
-간병일기(2)

오늘은 비가 오네요
가뭄에 농부는 단비가 반가운 듯이
백학이 오매불망 청송을 그리워하는 가슴으로

N 과장이 환자의 쾌유를 신념으로
그건 환자도 보호자도 바라는 맘으로
병실의 밤은 흐르고

얼마 전에는 치과병동 간호팀장이
사준 빵으로 허기를 면하고
가져간 잡지 몇 권으로 시간을 살라먹고

새벽에 안산 봉화대에 올라가서
시내를 드려다 보고 삶의 무게에
굴참나무 이파리에서 내일의 꿈을

한강 건너 물안개는 서서히 사라지고
아침 햇살에 63빌딩은 노랗게 물들어 빛나면

오늘도
세브란스의 하루가 숨 가쁘게 움직일 때
그 중 한사람 N 파트장
The First & The Best Severance hospital
그 틈바구니에서 직무에만 충실한 그녀

회생과 봉사
누굴 위하여 열정으로 일하는가!
인류의 질병으로부터 자유롭게 하는
세브란스의 미션
자기 철학이 의지가 없다면 힘든 일이지요

N 파트장 다음 만날 날이 있을련지?
일요일 퇴원이라서 뵙지 못하고
부산행 열차에 따라 움직이었네요.

신 교수께

- 간병일기(3)

당신의 정성에
두터운 감사를 표 합니다
나아가 국가는 물론 인류 발전에
하느님의 계시가 봉사하여야 할 소명으로

저 푸른 생각을
이 보다 보람된 일이 더
누구나 할 수없는
그 깊은 노하우 그에 따른 영감

그는 깊은 학문
긴 시간의 경륜으로서 할 수 있는 일
맡은 분야 앞서가는 창의력으로

세계 제1인자로 기다리며
진한 바람을 가슴으로 기원하면서
보람과 긍지를 가지고 파이팅이라고.

처남에게
―간병일기(4)

지난 일요일 그 지루하고 답답하던 입원 27일
3박4일 치료, 12회로서 1차는 끝나고
지금부터는 오는 10일 검사 CT촬영결과에 따라
액션 프로그램이 있을 것으로 알고 있다
물론 결과는 완치 되었다고 믿고 있다
질환 자체가 언제나 방심할 수없는 것으로 알고
재발로 인하여 온 환자를 많이 봤다
너의 누나는 의지가 강한지라
그런 불행한 일은 없을 거다
이를 사전에 방지하기 위해
세브란스까지 입원하였고
10일 검사, 12일 결과가 주목되는 부분이다
이 과정에
주치의 집도의 다 만나 검진 소견이 있을 것이다
너를 포함 어머니는 물론
집안 형제분들 많은 지인으로부터
물심양면 많은 도움을 받았다.
분당 고모 내외분의
교통 편의로 부터 먹을거리 등

그 열정적인 행동은

너의 누나 눈시울을 붉히게 하였다.

질병은

대개가 관리부재에서 온다고 믿는다

그러나 너의 누나의 앞으로의 예후는

사전 검사만 게을리 하지 않는다면

피할 수 있다는구나

통계에 따르면 성공 확률은 현재 51% 나와

그 질환 중 제일 높다는 게 담당의사의 설명이다

향후 5년을 잘 관리하는 것은

본인은 물론

주위가족을 포함해 많은 배려가 있어야 할 것 같다

이 번 일에 주변으로부터 많은 빚으로 남게 되어

그에 대한 보답은

살아서 건강하게 여생을 마치는 것이라 생각한다

어머니 하고는 통화 했다

환절기 건강 챙기고 다음 만나자.

가족
- 간병일기(5)

메일 잘 읽었습니다
갑자기 창문을 통해 들어오는 햇살이
유난히 따뜻하고 기분 좋게 여겨집니다
먼저 누나의 옹골찬 의지에 박수를 보내며
자형의 갸륵한 정성
깊은 감사와 찬사를 드립니다
정말 애 많이 쓰셨습니다
속단키는 이르지만 완쾌를 확신합니다
이러한 과정을 이르기 위해
그 동안 고통스럽고 지루한 과정을 슬기롭게
잘 참아 온 누나의 의지와 용기
그리고 슬기롭고 자상한 배려와 헌신
의료진의 기술과 성의가
오늘의 축복을 만들었습니다
부디 제2의 인생
찬란하고 복되기를 진심으로 기원해봅니다
오늘 새삼 가족이란 단어의 의미를 되새겨봅니다
위기와 고난에서 빛을 발하는 것이
가족이라는 작은 공동체의 특징이겠지요

비록 작은 공동체이지만 우주와 같은
사랑과 능력을 발휘하는 것이
가족이라는 신비한 집단체입니다
부디 남은 생을 자형 내외
사랑하고 또 사랑하면서 백년해로 하십시오

정말 큰 일 잘 해 내셨습니다.

간호국 노선생님
—병상일지(6)

봄비가 동백꽃의 기다림을 아는가
오늘은 비가 오네요
서둘러 피어 지난겨울은 지날 만하더라고요
혹독한 시련을 겪은 자 만이 각인되듯이
생각이 난다는 것 고맙고 보고 싶다는 것
보고 싶은 이는 그리워하는 것
그리워한다는 것은 얼마나 신비로운 것인가!
여기 「봄날의 소묘」 글 한 편 첨부 할 깨요

「봄날의 소묘」

마사언덕 참꽃 따먹던
송홧가루 날리는 그날도
인동초 꽃 피고

나비 떼 훈풍 몰고 와
자운영 밭 불 지핀다

언덕배기 남새밭 수탉 지렁이 잡아

암탉 불러 장수처럼 번쩍이는 눈동자

삽짝 옆 난초 꽃망울
아지랑이에게 묻는다
햇빛을 유희할 날 언제냐고

바람은 기다림
뒤에 숨어 검붉게 열정만 태운다.

현진이 봐줘

현진아 이 메일 들어갈려나
더운데 마감한다고 땀 좀 흘렸재 !
세상일은 항상 생각대로는 되지 않는다
네 생각이 옳다고 생각되면 행동하라
그것은 도전정신이다
생각만 하는 것은 바보들의 짓이다
그것을 행동으로 옮기는 것은 용감한 일이다
역사를 통해서 이를 행동하지 못해
국가도 개인도 발전도 진보도 없는 경우가 많다
크게는 전쟁도 적게는 개인과의 의견충돌도 마찬가지니라
삶 자체가 경쟁이니까
네가 지금까지 열심히 살아왔다
언제나
아빠가 뒷바라지가 부족하여
고통을 많이 준 것을 미안하게 생각한다
가난과 자산은 대 물림이다
그건
자본주의나 사회주의도 마찬가지다
우린 항상 어떤 형태로든 종속의 지배를 벗어나기 어렵다 그렇다고 체념하란 뜻은 아니다.

학벌은 사회가 만들어 놓은 한 정된 지식일 뿐

빛 좋은 개살구다

욕구충족에 너무나 부족한 정보일 뿐이다

요사이 네가 보고 싶다

"고독이 힘이다.

군중에게 의지함은 허약함이다.

용감해지기 위해 군중이 필요한 사람들은 사실

그 누구보다 약하고 외로운 사람이다"는

폴 브랜튼의 말처럼,

우리는 이렇게 산다

건강을 챙겨라 이거 또한 아빠가 방심한 것 같다

언제나 행운을 빈다

도시적 삶에 대한 공간적 인식과 그 의미
– 조성순 시집 『금정산, 그리고 중앙동』의 특질

양 왕 용
(시인, 부산대 명예교수)

1

시는 궁극적으로 시인의 삶에 대한 인식에서 출발한다. 달리 말하면 생활의 터전이 어디이고 주말에는 어떤 취미를 가지고 어떤 것을 즐기느냐 하는 것에 따라서 시의 경향이 정하여 진다. 여기다가 다른 하나를 더한다면 그가 살고 있는 지역에 대하여 얼마나 관심을 가지고 있느냐 하는 점도 중요한 변수가 될 수 있다. 그런데 조성순 시인의 경우 아직도 현역으로 부산 중앙동에서 유수한 자동차 회사의 대리점 책임자로 왕성한 활동을 하고 있다. 그러면서 주말이면 산을 찾고 때로는 해외여행을 다녀오기도 한다. 뿐만 아니라 문인 단체의 세미나나 심포지움에도 부지런히 참여하여 문학을 배우는 자세도 진지하다. 이러한 삶에서 느낀 점을 여행기로 적어 근래에는 일종의 여행 수필집을 엮은 적도 있다.

이상과 같은 삶을 살아가는 시인들에게는 시를 형상화하는 방법론으로 공간지향성을 가지는 경우가 많다. 공간지향성은 시간지향성과는 대조적인 시적 전개 방식이다. 시간지향성의 시인들은 삶의 순간적 포착에서 얻어지는 영감으로 시를 형상화하기 때문에 미세한 이미지들이 등장하고 반복이나 열거를 통한 리듬 창출의 묘미도 보여 준다. 이에 비하여 공간지향성의 시인들은 삶이나 현장의 거시적 접근을 통하여 공간 속에 존재하는 사람의 모습과 그들이 지니고 있는 존재 의의를 찾는 경우가 많다. 또한 시인 자신이 바라본 풍경과 삶의 현장에 대한 나름의 해석을 시로 형상화하는 경우가 많다. 이러한 경우에도 비유적 표현이나 이미지로 시인은 판단을 정지하고 독자에게 미루는 기법을 사용하는 경우가 있고, 시인이 직접 진술하는 경우도 있다. 조시인의 경우는 직접 진술하는 경향이 많고 일부가 그렇지 않다. 따라서 독자들이 시인의 의도를 쉽게 파악할 수 있다. 그러나 독자의 몫이 부족하여 아쉬움도 생길 수 있다.

2

이 시집은 6부로 나누어져 있다. 그 순서에 따라 각 부의 대표작을 골라 살펴보기로 한다.

제1부 〈바다 이야기〉에는 그가 근무하는 중앙동에서 얼마 떨어져 있지 않은 자갈치 어시장이 시적 공간이 된 작품들로 엮어져 있다. 자갈치는 그 동안 부산의 많은 시인들에 의하여 시로 형상화되었다. 주로 자갈치에서 어시장을 삶의 터전으로 살아가는 사람들의 이야기가 많았다. 그러나 조 시인의 작품 가운데는 자갈치 어시장의 배경이 되는 바다에 대하여 직접적으로 노래하는 작품이 많고 소수의 삶을 터전으로 하는 사람들의 시가 있다.

상생을 꿈꾸는 흔들림으로

바다의 화합
바다의 소리
바다가 기억하는 로고송으로

신세계 교향곡
꽃피는 바다가 여는 소프라노
춤추는 바다 뮤지컬은
환상의 꿈으로

향연의 그 바다
상명의 그 바다
그리운 그 바다

엑스포의 여름밤
함께 하는 그 바다.

-「함께 하는 그 바다」 전문

이 작품은 사람의 이야기가 아니고 바다 자체의 이야기이다. '바다'라는 사물은 삭막하거나 위험하기보다 여성 혹은 모성지향성을 가진 부드러운 존재이다. 그래서 어머니의 품처럼 따뜻하고 부드럽다. 이 작품에서의 바다는 첫째 연처럼 모든 것을 포용하는 상생의 원리를 관념으로 가지고 있다. 조 시인은 바닷가에서 밀려오는 파도를 바라보며 이 시를 착상하였다고 볼 수 있다. 특히 둘째 연과 셋째 연의 경우 비록 비약이 심하여 단절감을 느끼나 여러 가지 복합적이고 강렬한 청각적 이미지를 등장시켜 그 소리에 심취하고 있다. 이러한 거시적 인식과 더불어 삶이나 풍물에 대한 긍정적인 태도를 가지고 있는 것이 이번 시집의 전반적 특징이다.

그런데 다음의 시는 공간을 '복어 집'에다 한정 시켜 동음이어同音異語의 효과를 통하여 웃음을 자아내게 한다.

복어 집 사장님
수복에다

만복을 더하여 다복이 오늘이다.

복어 집 사모님
행복에 충만하여 만복으로 넘쳐나
돈복이 참말 전복이다

복어 집 아드님
만복인데다 다복까지 찾아오니
후복을 내 어찌 잊을 수가

사장님의 운수 복이라
사모님의 숙명 복이 따라오고
아드님의 대성 복어는 참 좋아라

복어가 준
다복 만복 수복에서 돈복 후복을
축복에서 행복으로 옮기소서.

– 「복어 집」 전문

    마치 자갈치 시장의 어느 복어 집의 번창을 기원하는 작품 같다. 그 복어 집에 시화를 만들어 걸어두면 손님들이 한 번씩 읽고 미소를 머금을 것 같기도 하다. 복어 는 원래 순수한 우리말로 '복'이 표준말이다. 그러나 통상적으로 고기 魚를 더하여 사용되고 있다. 이를 경우 우리는 복어를 생긴 모양 때문에 배 腹을 사용하여 腹魚로 인식하고 있다. 그런데 조 시인의 경우 이러한 인식에다가 복 福자와 동음이어임을 착안하여 복어 집의 부부 그리고 아들까지 행복을 빌어주고 있다. 다복多福, 만복萬福, 수복壽福은 한자어로 옛날에는 많이 쓰였다. 수복의 경우 심지어 베개에다 수를 새겨 장수를 기원했고 술 이름으로도 사용되었다. 돈복(錢腹)의 경우 돈은 순수한 우리말이나 한글 사전에도 돈을 별로 애쓰지 아니하고 벌거나 모으는 복으로 나와 있다. 鰷福은 자손에게나 만년晩年에 누리는 복으로 해석할 수 있다. 이렇게 언어유희言語遊戱의 경지까지 구사하여 웃음과 행복을 자아내게 하는 시라고 볼 수 있다. 이 작품에는 그의 시에서 자주 보이지 않는 자갈치 시장의 사람 사는 이야기, 그것도 어려움에 부대끼는 사람이 아닌 복 많이 받은 복어 집 가족이 등장한다.

　제2부 〈정의는 살아 있는가〉는 주로 조 시인의 현실에 대한 태도의 시적 표현이 주가 된 작품들로 엮어져 있다. 그 현실이 정치인 경우도 있고 사회생활인 경우도 있다. 그래서 제법 냉소적으로 인식하는 경우도 있다. 그러나 필자는 그러한 경향의 작품들보다 삶에 대한 긍정적 태도를 가지고 있는 다음의 작품을 골랐다.

　　　　참 좋은 날
　　　　지하철에서 나와 주룩주룩 내리는 빗방울
　　　　우연성 음악은 얼마만인가
　　　　비탈길 내리는 물결은 비단보다 더 고와라
　　　　물 위의 흐름과 달리
　　　　깊이 흐르는 물은 먼 훗날을 알고 있다

　　　　오늘같이 좋은 날
　　　　지나가는 승용차에 고인 물이 튀어도 좋다
　　　　내려라 흘러라 가벼운 발길에
　　　　축복받은 민족이라
　　　　우리의 장밋빛 내일은
　　　　이보다 더 깊은 배려가 심장을 주듯이

　　　　축복받은 나라

신발이 바짓가랑이가 흠뻑 다 젖어도
우리는 하늘의 은총이다
'하늘은 스스로 돕는 자를 돕는다'고
그 말 씀 오늘도 유효하다는 것
국어사전에 뿌리 깊은 한국인의 정서라고
　　　　　　　　　　　　－「집으로 가는 길」전문

　보통 시인들은 비를 슬픔으로 상징한다. 그리고 비 오는 날은 희망이
무너지는 날로 인식한다. 소설이나 영화의 경우 비 오는 날에 만난 애인
들은 반드시 헤어지고, 그 이별이 상대방의 죽음이나 배신에서 오는 경
우가 많음을 암시한다. 그러나 조 시인의 경우는 전혀 그렇지가 않다. 비
오는 날을 첫째 연의 첫 행에서 '참 좋은날'이라고 전제하며 시작한다.
빗방울 소리도 '우연성의 음악'으로 '비탈길에 내리는 물결'을 비단보다
곱다고 인식하는 점도 매우 긍정적이다.

　둘째 연이나 셋째 연에서 역시 지나가는 승용차가 튕긴 물로 옷이 젖
거나 신발과 바짓가랑이가 흠뻑 젖어도 우리나라는 축복 받은 민족이요
하늘의 은총을 받은 나라라고 인식한다. 그러나 첫째 연에서 '물위의 흐
름과 달리/깊이 흐르는 물은 먼 훗날을 알고 있다'라는 부분에서는 이러
한 축복 받은 나라인데도 불만인 사람들의 어리석음을 의도한 것으로 보
여주고 있다. 그러한 점에서 현실에 대한 낙관적이고 긍정적인 태도 말
고 지나치게 부정적으로 보는 사람들을 풍자하는 부분이 긍정적인 현실
인식과 균형을 이루었다면 더욱 성공적인 작품이 되었을 것이라는 아쉬
움은 있다.

　제3부 〈금정산〉은 그가 산행이나 산악회 행사에 참가한 것을 제재로
한 작품들이다. 그것이 금정산과 기슭 마을인 경우도 있고, 다른 지역 심
지어 해외여행 체험에서 얻어진 시편들도 있다. 금정산은 부산의 진산
鎭山임은 누구나 동감한다. 그래서 금정산을 제재로 한 시편들도 많다.

그러나 직접 산악행사에 참여하여 그것에서 받은 감동을 노래한 시편은
많지 않다.

조 시인의 경우 산악행사 전야제에서 받은 감동을 다음과 같이 표현하
고 있다.

지존의 약속을 지울 수 없는
온고지신의 시간
붉은 허리는 굽어도
그 모습 여전하고

전야제 악우들
생기 넘치는 불빛은
억새꽃과 어우러져
금정산야 더욱 흥겹게 한다

색소폰 운율과 갈바람은
꿈과 낭만이 막걸리에 젖어
저마다 뽐내며 멋 부리는 젊음은
그 어느 뮤지컬에도 본 적이 없는
거선의 심장 같은 웅장한 오케스트라

미움도 고통도 불통도 지워진 시간들이여
하얀 별들도 반짝반짝
한 줌의 바람도 사각사각

잉걸불 같은 사랑
잉걸불 같은 사랑.

－「금정산 3－전야제에서」 전문

이 작품은 부제처럼 금정산 산악제의 전야제가 제재이다. 조 시인의 작품 가운데 특징인 시인의 직접적 진술이 군데군데 보이기는 하나, 다른 곳에서 찾아보기 힘든 비유적 표현과 이미지들이 등장하고 있다.

첫째 연의 경우 금정산의 모습을 비유한 것이기는 하나 직접 진술이 다소 보인다. 둘째 연에서는 불빛 속에서 흥겨워하는 산악인들의 모습에다 억새꽃을 등장시켜 이미지화하고 있다. 셋째 연의 경우 색소폰과 갈바람이라는 청각적 이미지가 등장하여 전야제의 감동을 절정에 이르게 한다. 이러한 감각적 표현은 넷째 연에서도 계속된다. 하늘의 별들의 반짝임과 바람이 갈대에 스치는 소리를 표현한 부분은 넷째 연 첫 행 '미움도 고통도 불통도 지워진 시간이여'라고 인식하고 감탄한 시적화자의 진술이 결코 과장이 아니라는 생각이 든다. 그리고 모든 것을 포용하고 거의 무시간의 경지에 이르는 무념무상의 경지는 그가 비록 불교 신자는 아니지만 불교에서 말하는 해탈의 세계이다.

산악제의 전야제라는 공간이 이렇게 적절하게 형상화된 작품은 지금까지의 다른 사람들의 시편에서는 찾아보기 힘들었다는 점에서 이 시집의 대표작이라 할 수 있을 것이다.

제4부 〈중앙동〉에는 주로 그의 영업점이 있는 중앙동에서의 체험과 사람과의 만남이 제재가 된 작품들이 많다. 그 가운데 「중앙동」이라는 작품도 있고 「중앙동 4가」라는 중앙동에서 자주 만난 부산문인들의 실명이 등장하는 작품도 있다. 그러나 이 작품들보다 모처럼 산문시 형태로 쓴 시 한편을 인용해 보기로 한다.

항상 보고 느끼지만 절에 가면 입구에 개가 한 두 마리쯤 있다. 이놈들은 드나드는 불자들을 도적놈들 쳐다보듯 아래위로 유심히 살핀다. 절에서 훔쳐 갈 것이라곤 자비와 사랑밖에 더 있나?

그게 못 마땅해, 그도 기분 나쁘게 눈동자만이 아래위로 쳐
다보니 상당히 예의가 없는 놈이다. 부처님의 가피력이 아니면
불심이 부족한 건지 서당 개는 3년이면 풍월을 읊는데, 이놈들
은 수 삼년을 공양을 받고도 건방지게 그도 앉아서 예의도 없
이, 하루 종일 드러누워 있다가 주지스님이 나타나면 벌떡 일
어나 꼬리를 흔들고 알랑방귀 뀌는 것 보면 저놈도 먹을거리에
는 장사 없는 모양이다.

하기야 그도, 그럴 것이 주지스님 눈에 벗어나면 제 밥그릇
은커녕 운명마저 알 수 없다는 것을 스님들의 행동을 통해서
잘 알고 있어 충성을 다하는 것을 손가락질할 일은 아니다.

우리는 맘에 안 들면 개보다 못한 놈이라고 할 때, 그래도 그
놈은 화엄의 향기라도 맡고 심산유곡에 살았으니, 시정잡배들
과 즐기다가 그늘진 도덕성이라도 자기를 속이기가 가책을 받
으려는 것은, 인간이란 탈을 쓰고 하나의 자기 방어수단의 위
로가 될 거라는 어리석은 중생을 보고서, 그 건방진 놈은 오욕
칠정을 집어 던지고 지금쯤 뭘 생각하고 있을까?

－「건방진 놈」 전문

이 작품은 절 앞에서 자주 볼 수 있는 개를 제재로 하여 인간을 풍자한
일종의 풍자시이다. 불교에서는 동물을 살생하지 않고 특히 개에 대해
서는 목련존자의 효성이 줄거리가 되고 있는 '목련경目蓮經'에서는 인간
으로 환생되기 직전의 동물로 취급되고 있을 정도로 우호적이다. 따라
서 절에는 개를 키우거나 像으로 조각하기도 한다. 이 시의 시적 공간
은 절에 개를 등장시켜 전반적으로 그 자신의 신앙은 아니지만 다분히
불교적인 공간이다. 그리고 '공양'이라는 불교에서만 통하는 행위를 등
장시키고 있다. 따라서 다분히 현실과는 다소 거리를 두고 있는 지극히
비현실적인 공간이다.

그러함에도 불구하고 이 시가 지향하고 있는 시적 의도는 현실을 풍자

하는 일종의 풍자시이다. 비현실적 공간에서 현실을 풍자하기 때문에 풍자의 효과를 극대화 시키고 있다. 특히 풍자시로서 성공하고 있는 까닭은 '건방진 놈'이라는 제목에서의 '놈'은 개를 가리키는 것이라기보다 궁극적으로 개만도 못한 인간들을 가리키기 때문이다. 절 앞의 개는 비록 예의나 염치 같은 것은 없지만 심산유곡에서 살아 화엄의 향기를 맡았다는 진술에서 그 풍자가 절정을 이루고 있다. 오늘날 위선 투성이의 인간들에게 경종을 울리는 시가 바로 이 작품이다.

제5부 〈보고 읽고 듣고〉에 수록된 작품들은 조 시인의 이번 시집의 다른 곳에서는 찾아보기 힘든 유년 시절의 추억이나 농촌 체험 그리고 식물들을 제재로 하고 있다. 즉 조 시인의 이번 시의 대부분이 도시적 공간에서 도시적 감수성으로 시작행위를 하였기 때문에 현재나 미래지향성을 가지고 있는 데에 비하여 5부의 작품은 농촌 혹은 고향지향성의 공간이 시적 배경이 되고 있다. 따라서 과거지향성을 가지고 있다.
다음의 작품에서는 그 자신의 유년시절의 추억들이 파노라마처럼 펼쳐지고 있다.

　　　　그 초가집
　　　　청국장이 끓었지
　　　　울 녘엔 구수한 냄새 묻어

　　　　산 고을 해질 녘
　　　　사래긴 밭일 마친 엄마 손엔
　　　　청국장 속 향수鄕愁는 익어가고

　　　　아버지는 쟁기보습 흙을 털고
　　　　늙은 황소 따라 노을빛 연기로 피어날 때
　　　　까치들도 개울에서 목욕을 즐기고

내 아버지 흙냄새는
뒷밭에 고구마 꽃을 피우고
내 어머니 청국장 냄새에
뒷산에 밤나무 알밤이 벙그러진다.

- 「청국장」 전문

이 시의 중심 제재는 어머니가 빚은 청국장이다. 그래서 후각적 이미지가 이 시의 형상화를 주도하고 있다. 청국장 냄새를 중심 이미지로 하면서 어머니의 밭일과 아버지의 논 일이 오버 랩 된다. 다만 셋째 연의 아버지의 논 일 마무리 할 때의 정경들은 냄새로부터 벗어나 있다. 대신 황소와 까치를 등장시켜 아버지의 행동을 신비화하고 있다. 마지막 넷째 연에는 아버지의 흙냄새에 뒷밭 고구마의 성장을 어머니의 청국장 냄새에 뒷산 밤나무의 알밤 익는 것을 연결시켜 결과적으로 고향의 다양한 공간을 등장시켜 파노라마 기법을 완성시키고 있다.

이러한 기법은 조 시인이 의도적으로 했건 그렇지 않고 무의식적이건 독자들에게 고향 풍경 전체를 연상시키는 효과를 충분히 하고 있다.

마지막 제6부 간병일기는 조 시인 부인의 서울 세브란스 병원에서의 항암투병을 옆에서 지켜본 일종의 〈간병일기〉이다. 조 시인은 담당의사들 뿐만 아니라 간호사 그리고 문병 온 친척과 인척들에게도 일일이 감사의 편지 형식으로 시를 한 편씩 바치고 있다. 조 시인의 인연이 있는 사람들을 챙기고 싶은 인정스러움과 아내 사랑이 결합된 작품들이다.

3
조 시인의 시집 『금정산 그리고 중앙동』은 그의 생업 공간이 도심에 위치하고 있기 때문에 도시적 상상력과 공간의식에서 빚어진 작품들이 대부분이다. 그리고 부산이라는 항구 도시를 사랑하는 모습도 도처에서 발견할 수 있다. 이러한 그의 시작 태도로 말미암아 자기 자신의 내면세계보다 바다, 도시, 산들과 같은 거대 담론의 대상을 시적 제재로 한 작품들이 많다. 그리고 거대한 사물의 거창함에 압도되어 감정을 직접적으로 표출하거나 인식의 결과를 직접 진술하는 경우가 많다. 그러나 앞의 인용 시편 가운데 「복어 집」, 「금정산 3」의 '전야제' 「청국장」 같은 시편들이 오히려 독자들의 감동도 주고 동음이어의 다중적 효과, 시어의 과감한 생략, 감각적 이미지의 유기적 연결 등의 효과를 거두고 있다. 앞으로 다음 시집에서는 이러한 작품들이 많이 수록되어 독자들에게 감동도 주고 조 시인이 본래부터 가지고 있는 또 다른 시적 역량을 보여주기를 기대하는 바이다.